KB152982

松塘 朴宗海 詩人

사탕비누방울

박종해 시집

사탕비누방울

박종해 시집

국학자료원

<서문>

여전한 선비 시

유종호
(문학평론가, 전 연세대 석좌교수, 대한민국예술원회장)

朴宗海 詞伯을 알게 된 것도 어언 38년이 된다. 지나고 보면 짤막하게 느껴지지만 실은 긴 세월이다. 이제는 고인이 된 시인 金宗吉 선생이 영남 명문 출신으로 세교가 있는 터라면서 소개를 해주셨다. 시문으로 고명한 蒼菱(창릉)선생 자제인데 작품이 좋으니 읽어보라는 당부였다. 작품도 인품과 마찬가지로 준수하다는 것이 나의 첫인상이었고 그것이 계기가 되어 첫 시집 『山頂에서』의 발문도 쓰게 되었다. 선대에 유명한 독립운동가가 있고 본인 자신도 4·19 부상자임을 나중에 들어 알았지만 그는 전혀 내색을 한 바 없었다. 그런 연유도 있었겠지만 처음 본 작품에서 눈길을 끈 것은 은은하면서도 결곡한 지사비추(志士悲秋)의 감개였다. 생각해 보면 그것은 중국시의 중요한 전통적 발상의 하나일 뿐 아니라 문학을 문학답게 하는 중요 요소이기도 하다. 또 유서 깊은 유가(儒家)전통의 일부이기도 하다.

첫인상이나 첫 작품이 중요하다는 것은 널리 인지되고 있다.

친근해짐으로써 심상해지는 특징이 첫인상에서는 선명하게 다가오는 까닭일 것이다. 그래서 첫 작품도 그 특징이 분명하게 다가와 시인작가의 잠재 가능성이 잘 드러나기 때문일 것이다. 1980년대는 우리 현대사에서도 각별히 엄혹한 시절이었고 그 끝자락에서도 사정은 마찬가지였다. 그러한 상황 탓이기도 했겠지만 朴宗海 詞伯의 젊은 날의 시편 중에서도 상황시편이 호소력이 강했던 것으로 기억하고 있다. <비바람 몰려오는 길거리에서/한 사나이가 "곧 매서운 계절이 올 거라"라고 "소리소리 지르며 뛰어다니고> 있다는 「풍경」이나 <이 누추한 땅에/어찌 너가 올 수 있겠느냐>고 걱정하고 있는 「진눈깨비 내리는 날」의 각별한 호소력은 지금도 기억에 생생하다. 그 중에서도 낯익은 어휘로 가장 야무진 시적 성취를 이룩한 것이 「산정에서」였다.

너희를 위하여 무엇을 할 수 있겠느냐
어떻게 너희들을 위해 돌아갈 수 있겠느냐
아는 것도 힘도 없이 참으로 막막하구나.

호주머니 속엔 몇 개의
동전만 딸랑거릴 뿐
굴뚝마다 연기는 피어오르고
고달픈 허리띠처럼 기차가 산모롱이를 돌아간다.
평화와 자유 그를 위해 한 방울의 피도 흘린 바 없이

내 너희를 위해 무엇을 할 수 있겠느냐
어떻게 너희들 속으로 돌아갈 수 있겠느냐.

―「산정에서」 전문

엄혹했던 시절 지식인의 무력감과 자괴감이 잔잔한 슬픔과 억제된 분노와 어우러져 무구한 시적 성취로 이어져 있다. 이럴 경우 높은 목청과 과장된 몸짓이 항용 동원된다. 그러나 극히 심상하면서도 친근한 어사와 어조로 간곡한 감회가 격조 있게 토로되어 있음을 본다. 정갈한 선비시라는 첫인상이 확고하게 뇌리에 자리 잡게 된 것은 그 같은 연유에서다.

그 후 많은 세월이 흘렀고 고희를 오래 전에 넘긴 시인은 이제 열 두 번 째 시집『사탕비누방울』을 우리에게 보여주게 되었다. 육영(育英)의 중책을 벗은 것도 오래되지만 평생 영위한 시작만은 면면히 이어오고 있는 대단한 열정을 다시 접하게 된 것이다. 우선 눈에 뜨이는 것이 시인의 한결같고 해맑은 초심(初心)이 건재함이다. 인용의 묘를 위해 소품을 살펴보기로 하지만 비교적 짤막하게 구상된 시편에서 그 초심이 극히 경제적으로 처리되어 있음도 사실이다.

나의 서재의 벽에서 내려다 보신다.

"너가 그렇게 생각이 좁고 용렬해서

무엇에 쓰겠는가"
꾸짖으시는 아버지 말씀이 벽에서 울려온다.

이 녹두콩 만한 내가
밴댕이 속같이 좁은 내가
시를 쓰겠다고

나는 만년필 뚜껑을 닫고
고개를 푹 숙이고 있다.

　　　　　　　　　　　－「반성」 전문

　『논어』에 삼성이란 말이 나온다. "증자(曾子)가 말하기를 내가 날마다 세 가지로 내 몸을 반성 하나니 남을 위해서 일을 계획함에 진심을 다하지 못하였던가, 붕(朋)으로 더불어 교제함에 미쁘게 하지 못하였던가, 익혀서 잘 알지 못하는 것을 전수하였던가의 세 가지이다." 구구한 해석을 낳고 있는 대목이지만 중요한 것은 반성이 유가의 상사(常事)란 사실이다. 시인은 서재 벽에 걸려있는 선대의 사진을 보면서 끊임없이 반성한다. 그리고 덕과 인을 갖추지 못한 터에 시를 쓴다는 것은 부질없는 허영이 아니냐고 스스로 다짐하는 것이리라. 시와 삶을 분리해서 생각하지 않으려는 자세를 본다. 삶과 문학의 합일은 선비의 윤리적 태도이기도 하다.

다시 찾은 들판에 상화선생은
해마다 봄을 데리고 와서
민들레꽃 들마꽃 푸른 보리밭을 보여주신다.
푸른 보리밭 위로 종달새를 띄어 놓으시고
자유의 시어(詩語)들을 불러 주신다.
나는 가르마 같은 들길을 따라
해종일 걸으며
금빛 들판 가득히 선생의 푸른 시혼을 담아
참답게 사는 법을 받아 적는다.
                              ―「금빛 들판에서」 전문

 이 시의 밑그림이 되어 있는 것은 말할 것 없이 이상화의 「빼
앗긴 들에도 봄은 오는가」이다. 이상화의 이 작품은 식민지 시
절 지사비추의 정신이 가장 서슴없이 호쾌하게 표출된 자랑스
러운 시편이다. 그 지사비추의 정신을 본받을 뿐 아니라 그 호
쾌한 어조를 가능하게 한 친화적 자연 사랑도 배우려고 하고 있
다. 「반성」이 시인의 삶의 기본적 충동을 나타내고 있다면 「금
빛 들판에서」는 시와 삶을 합일시키려는 지향을 간명하게 표명
하고 있다고 할 수 있다.
 그렇다고 박종해 시편이 계속 유가적 전통의 울타리에 머물러
있는 것만은 물론 아니다. 근자의 시편에는 시인의 연치에 어울리
는 무상감과 허무감의 토로가 소홀치 않게 보인다. 그것은 인지상
정의 자연스러운 발로요 노년이 회피할 수 없는 심경의 표백이다.

나는 그렇게도 쉽사리 기억의 빗장을 잠글 수 있을까
사탕비누 방울이 나비의 기억을 물고 날아다닌다.
어둠 속에 폭죽처럼 피어올라 산산히 흩어진다.
한때 눈부신 것들은 허무의 재가 된 것일까

모든 것이 한갓 꿈조각으로
산산히 흩어져 가뭇없이 사라진다.

— 「사탕비누방울」에서

그러나 시편 「반딧불이」에서 보듯 지사비추의 강개는 이 시
집의 주조음(主調音)이 되어있다. <내 작은 몸이지만 온 몸으로
불 밝혀/이 사악한 어둠을 몰아내어/캄캄한 길을 밝힐 수만 있
다면>하고 시인은 간구하는 것이다.

시와 삶을 합일하려는 윤리적 태도는 그것이 결연한 파토스
와 어울리지 않을 때 자칫 건조한 격언으로 이어질 위험성을 내
포한다. 우리 현대시에서는 가령 청마 유치환의 "참의 시는 마
침내 시가 아니어도 좋다>는 경지가 그 대표적인 사례가 아닐
까싶다. 삶 속의 진정성이 곧 시이니 굳이 시적인 것을 따로 추
구할 필요가 있느냐는 심정은 충분히 이해할 수 있다. 그러나
인(仁)으로 도통하면 기침소리나 걸음걸이가 그대로 시가 되어
따로 시가 필요 없는 역설적 사태가 빚어질 수도 있다. 그것은
선비시의 구경(究竟)이 될 것이나 즐겨 찾아가 위로받고 머무를
곳은 되지 못 할 것이다. 그러기에 시집 속에 많이 보이는 다음

과 같은 작품에 끌린다 해서 험이 되는 것도 딴전을 피우는 것
도 아니리라.

> 어린 시절 나는 보았네
> 동천강 둑에 앉아
> 동대산이 올망졸망 새끼 산들을 옆구리에 끼고
> 바다를 향해 내달리는 것을
>
> 동대산
> 말 없는 나의 초등학교 친구여!
> ―「동대산을 보며」

　우리 세대가 살아온 지난날은 격동적 변화가 이어지는 현기
증 나는 시대였다. 석유 초롱불 시대에서 원자력 발전 시대를
거쳤고 붉은 민둥산이 나무 우거진 청산으로 변모하는 지속적
인 상전벽해의 시대였다. 시대변화의 회오리 속에서 오로지 선
비시의 외길을 터벅터벅 걸어온 한 시인의 궤적을 다시 음미하
는 감회를 많은 동호인들이 공유하기를 바란다.

목차 ✳

3

1

이슬의 생애

나는 온 몸으로 세상을 받아들인다.
나의 온 몸에 삼라만상을 담고 산다.
그래서 온 몸으로 세상을 본다.
몸전체가 하나의 눈이기 때문이다.

풀여치나 방아깨비 같은 작은 미물까지
모두 잠든 밤에도
나는 눈을 뜨고 어둠속에서 세상을 본다.

이렇게 작은 풀잎위에 집을 짓고
하루 밤을 천년 세월처럼 지내다가
신의 말씀으로 빚은 해오름이 되면
나는 미련없이 이 곳을 떠나야 한다.
이승과 저승의 거리가 겨우 한 뼘 밖에 되지 않는다는 것을
풀잎의 집에서 깨닫는 것은 어렵지 않다.

이렇게 간단한 삶의 한 때를

천년을 살다갈 듯이 서로 상처주며
고통과 고뇌를 내 몸속에 새기며 살아오다니.

사탕비누방울

달콤한 것은 오래가지 못한다.
허무의 거품속에 들어 앉은 잃어버린 얼굴
꿈꾸고 있는 투명한 육체의 집
그 집안에 서려 있는
바람의 기억들이 빠져나가고
달의 흰 뼈들이 숲속에 내려 앉는다.
잠을 깬 종소리들이 소리의 그물로 숲을 덮는다.
꿀을 빨던 벌들의 옷자락이 잠긴다.
나는 그렇게도 쉽사리 기억의 빗장을 잠글 수 있을까
사탕비누 방울이 나비의 기억을 물고 날아다닌다.
어둠속에 폭죽처럼 피어 올라 산산히 흩어진다.
한때 눈부신 것들은 허무의 재가 된 것일까

모든 것이 한갓 꿈조각으로
산산히 흩어져 가뭇없이 사라진다.

반딧불이

왜 이렇게 어두워만 가는지요
앞이 캄캄하여 길을 찾을 수 없군요
악이 창궐하여 유행병처럼 번져도
아무도 아프지 않아요

악마들이 주춧돌을 빼고
기둥을 흔들어도
설마 어쩌랴
사람들은 눈을 뜨고도 잠자고 있어요

내 작은 몸이지만, 온 몸으로 불 밝혀
이 사악한 어둠을 몰아내어
캄캄한 길을 밝힐 수만 있다면-.

별빛 내린 푸른 숲이 형광으로 빛날 때까지
오늘도, 나는 온 몸이 녹아내리도록
눈을 뜨고 밤을 지새우고 있어요.

작은 모습으로 사는 법

<초명>이라는 눈에 잘 띠지 않는 아주 작은
날벌레가 있다.
모기의 잔등에 열 마리가 올라타도
모기는 무엇이 제 잔등에 앉았는지
전혀 모른다고 한다.

백보 밖의 먼지, 티끌도 볼 수 있다는
아주 눈이 밝은 <자우>라는 사람도
그 날벌레를 볼 수 없다고하니
그 작디 작은 모양새를 알만 하지 않는가.

이 세상에 이처럼 세인의 눈에 띠지 않게
산다면
무슨 갈등과 거침이 있겠는가.

제 모습을 나타내는데 혈안이 되어있는 사람들이
세상을 어지럽히는 이 시대에

나도 초명같이 아무 거리낌없이, 자유자재로

거침 없이 날아다니며

작게, 아주작게 제 모습을 감추고 살아갈 수는 없을까.

작은 몸부림

번데기는 눈이 없다.
나방이 되어 비로소 눈을 열고
고치를 뚫고 나온다.
눈에 보이는 것은 모두 장벽이다.

눈이 없는 번데기가 나방으로 변신하여
고치를 뚫고 나오듯
나는 감고 있던 눈을 뜨고
장벽을 뚫고 나아간다.

세상은 콱막혀 있는 것 같지만
실은 환하게 트여있다.
캄캄한 밤을 등에 업고
나방은 불빛을 향해
불쑥 날아오른다.

작은 소리의 잠적

어둠에 길들여지기 위해서
나는 소리를 감추고
과일 속에 편히 쉬고 있는 작은 벌레처럼
소리소문 없이 잠적한다.
그때 멀리서 은은하게 울려오는 종소리
누가 녹슨 종에서 소리를 꺼집어내어
눈부신 아침 햇살에 뿌리고 있는가.

종은 어둡고 긴 밤의 통로에서
소리를 접어 차곡차곡 쟁여놓아 두었겠지.

멍이 든 가슴에서 터져나오는 나의 종소리
누가 나의 목구멍에서
그 절규의 소리들을 끌어내어 다오.

나는 어둠에 길들여지기 위해서
언젠가 한 번은 모든 소리들을 갈무리하고

영영 어둠이 되고 말 것이다.

그때 나의 종은 소리의 문을 닫고

깊은 동굴 속으로 잠적하고 말 것이다.

작은 빗방울의 행로

저 아득히 높은 하늘에서 내려온 빗방울이
태산준령에 떨어져
산골짜기를 타고
낮은데로, 낮은데로만 저희들끼리 몸을 섞어
산골짝 물을 이룬다.

돌부리에 차이며, 가시덤불에 할퀴며
산골짜기를 떠나, 개울물을 이루고

봇도랑을 따라 아래로 아래로만 낮게 흘러
시냇물을 이루고

부딪히면 돌아가고, 막히면 여럿이 힘을 모아
뛰어 넘으며, 굽이 굽이 몸을 꺾어
강을 이루며 흘러가네.

이제, 광대무변한 피안의 바다에 함께 모여

몸을 굽히고 낮게만 살아온 이들이
이렇게 장엄한 목소리로 웅얼거리고 있구나.

나는 바닷가 모랫벌에 앉아
수평선과 입맞춤하는 아주 작은 빗방울의 평생을 본다.
떠나왔던 하늘로 되돌아가는
그의 파란많던 일생을 본다.

작은 목소리의 울림

새들이 황금이나 진홍으로 물든 나뭇잎새에 싸여
머리를 꼿꼿하게 들고 목청껏 노래 할 때
풀벌레는 풀숲에 숨어 소리 죽여 운다.
보이지 않게 몸을 숨기고
들리지 않는 목소리로 운다.
풀숲이 소리를 빨아들여 파아랗게 멍이 든다.

그러나, 눈부신 햇살이 사그라지고
천지에 어둠이 짓누르며 캄캄할 때
노래하던 새들은 뵈지 않는다.
그때, 그 칠흑의 침묵을 깨고
풀벌레들이 일제히 목청을 돋우어 숲을 뒤 흔든다.
그것은 막강한 어둠을 불사르는 함성이다.

옛날 임진년, 왜 놈 쪽발이들이 들끓어
삼천리금수강산을 갈기갈기 찢어 피로 물들일 때
사또도, 나으리도, 관군도 꽁무니를 빼고 줄행랑치고

호미, 낫, 곡괭이 들고 분연히 일어 선 민초(民草)들의 함성
풀벌레 소리는 어두운 밤을 몰아내는

민초들의 함성이다.

가을밤이 이울도록 어둠에 젖은 풀숲에서
민초들의 함성이 들린다.

작고 약한 것을 위하여

여름은 뜨거운 입김을 내 뿜으며 돌진해왔다.
집채만한 핵 탄두를 싣고 산지사방 윽박질렀다.
모두들 입을 다물고 검은 그늘 속으로 몸을 숨겼다.
침묵의 세월이 천년이나 갈듯 하더니
그러나 하루 밤 사이에
그들은 자취없이 사라졌다.

이제 막강한 것들이 지배하는 시대는 끝났다.
아주 작은 것들이 가을 바람에 실려
여기 저기 안개처럼 스며들었다.
풀벌레들은 아주 작은 목소리로 그러나 온 몸으로
그들의 입성을 알리는 음표를 또박또박 새겨 넣는다.

세상의 정원에는 아주 작고 연약한 풀벌레 소리로 가득하다.
그들의 미세한 몸이 풀숲을 흔근히 적신다.

귀뚜라미는 이 사연을 산지사방 이메일로 띄운다.

미지의 세계로 전송하는 메시지가 물결처럼 번진다.

이제 세상은 아주 작고 약한것들이

그 모습을 드러내고 소리없이 지배한다.

연 민

밤새워 작은 풀잎 하나가
제 몸보다 더 작은 이슬 한 방울을 품고 있다.

해가 떠오르면
작은 이슬은 풀잎의 몸에서 빠져나간다.
하늘이 불러서 먼 길을 떠나는 것일까.

아내와 나는
작은 풀잎과 이슬처럼 소파에 앉아
티브이를 본다.

티브이 속에서 작은 물방울이
풀잎을 찾아 날아 다닌다.

녹음속에서

푸른 바람결에는
한때 싱싱하던 젊은 목소리가 담겨있다.
바람이 퐁퐁 피어 올리는 푸른 물방울
나뭇잎들은 서로 볼을 부비며
연록색의 음성을 풀어내어 화음한다.
눈부신 햇살이 연록색 소리에 스며들어
산골짜기로 들판으로 함성을 지르며 퍼져 나간다.

미루나무들이 서로 손을 잡고
냇물을 따라 걸어가고 있다.
미루나무 사이로 은피라미떼들이 반짝이며
흰 구름을 물고 물이랑을 지운다.
나는 한 마리 청노루가 되어
녹음 속에 뛰어 놀고 싶다.
녹음 속으로 푸르게 푸르게 풀어져
녹음이 되고 싶다.

까마귀떼들의 군무(群舞)

헤아릴 수 없는 검은 음표들을 찍으며
소리란 소리를 모두 소진하고 난 뒤
침묵의 재가 하늘을 날아 올라
별들을 삼키고 붙박혀 있다.

그것은 장엄한 일몰 뒤에 오는 하늘의 해일
거문고와 가야금과 해금과 퉁소가 어울려
지상의 바람을 휘몰아 가다가
징과 꽹과리가 한 바탕 휘젓고 간
텅 빈 마당이다.

하늘을 담아내고 비워내는 검은 음표들이
무량한 음량을 쏟아 놓은채
삭막한 겨울을 건너가는 검은 소리의 군무

울산 태화강변,
나는 저물어가는 생의 무대 한 가운데 서서
물밀듯 밀려오는 어두운 종소리를 듣는다.

수묵화 속에 들어 앉아

강은 강끼리 어울려 웅얼웅얼 이야기하며
질펀하게 흘러가는데
소나무, 잣나무는 저희들끼리 손을 잡고
무덤덤하게 서 있다.
새는 새끼리 허공에 길을 내며 날아 오르고
나는 나 혼자 강 언덕에 앉아 있다.

붓 한 자루 들고
재 넘어가는 구름을 붙들어 놓고
바다로 흘러가는 강물도 붙들어 놓고
나는 고요의 그물을 둘러친다.
조바심 내지 않고 넉넉하게
시간의 뒷덜미를 잡아서 소나무 가지에 묶어둔다.
모든 갈등들이 고요 속에 빨려들어
소나무 넓다란 오지랖이 느긋해진다.

벚꽃길을 걸으며

벚꽃이 화안한 얼굴을 내밀며
화알짝 입술을 열고 소곤거리는
가로를 걸으면
나 같이 죄 많은 사람도
어질고 착해져서
마음이 등불을 켜고 환해진다.

마주치는 사람마다
한 마디 말이라도 건네고 싶어
눈인사를 한다.

용서 하고 용서 받고 싶다.
이 계절엔 무조건

눈부신 햇살을 화사한 옷자락에 두르고
벚꽃이 그 고운 입을 열어 소곤거릴때는
누구라도 꽃 바람에 물들어
꽃길에 묻혀 갈 것이다.

하늘의 말

귀뚜라미는 눈물을 흘리지 않고 운다.

이 가을 밤을 적시는 고요한 눈물

나도 눈물을 흘리지 않고 가슴속으로 울때가 있다.

빠알갛게 혹은 노오랗게

한 해에 마지막으로 찬연한 의상을 입고

너는 떠나갈 준비를 하고 있는가

가쁜 숨을 몰아 쉬며

먼 길을 떠나는 한 순간

은은히 가을 바람을 데리고 가는

저녁 종소리

단풍잎을 적시는 귀뚜라미의 고요한 눈물

나는 한 밤중에 잠에서 깨어나

별숲에 내리는 하늘의 말을 받아 적는다.

집으로 가는 길

서점 한 구석에 나의 시집이
무덤덤하게 꽂혀있다.
아무도 눈여겨 보지 않는 구석진 곳이다.
나는 소외 받고 있는 나의 시집을 빼어 들고
사람들의 시선이 많이 머무는
판매대에 슬쩍 놓아 두었다.

그리고 몇주일이 지났다.
내가 그 서점을 지나 가려다가
나의 시집이 어떻게 되었는가 궁금해서 들렀는데
나의 시집은 그 자리에 보이지 않았다.
그새에 팔렸나보다 생각하다가
혹시나 싶어 둘러 보았는데
나의 시집은 도로 그 구석진 곳에
꽂혀 있는 것이 아닌가.
나는 주인을 불러 "내 시집은 왜 구석진 곳에만
꽂혀 있어야 하나" 하고 따져 보고 싶었지만

꾹 참고 돌아서려는데
나의 시집이 왠지 측은해 졌다.

나는 나의 시집을 내 스스로 샀다.
그리고 호주머니에 넣고 속삭였다.
"여기 있을 곳이 못된다. 집으로 가자"

거의 오십년 가까운 세월이 흘렀다.
대학을 졸업하고 취직이 되지 않아
하숙집에 붙박혀 지내던 일이-.
그때 시골에서 아버지가 오셨다.
"애야 여기 있을게 아니라, 집으로 가자
뭣을 한들 못살겠나"

그때 아버지의 말씀이 떠올라
노을이 시집처럼 펼쳐진 서녘 하늘을 바라보며
나는 나의 시집을 포켓에 넣고
집으로 돌아가고 있었다.

길

어둡고 고단한 길을 걸어서
여기까지 왔습니다.

길 가엔 갈대들이 목을 늘어뜨리고
참회의 흰 머리칼을 날리고 있습니다.
그대는 이 길 위로 다시는 돌아오지 않겠지요
나 혼자 고달픈 길 위에서 날 저물도록 서 있습니다.

산등성이 위로 흰 구름 넘어가듯
그대와 헤어져 돌아오던 날
부슬비는 온종일 부슬부슬
내 두 볼엔 하염없이 눈물의 강이 흐르고
오리나무 숲도 강물에 젖어 있었습니다.
우리들이 걷던 오솔길도 강물에 잠겨
빛 바랜 추억처럼 지워지고 있었습니다.

2

석화(石花)*

그녀와 나는
건너지 못하는 강을 사이에 두고
서로 애타게 바라만 보았네.
그러다가 그녀는 하늘의 달이 되고
나는 땅위에서
한 개의 바위가 되었네

오랜 세월
바위의 온 몸에 덕지덕지 상처가 생겨도
밤이면
달이 내려와
그 상처를 쓰다듬어 주었네

상처난 온 몸이
달의 손에 포근하게 포근하게
감싸여서

바위 위에 꽃이 피어 나네

발그스름한 꽃이 물결지며 피어나네

* 석화- 밀양 영남루 뜰에 석화가 있음. 영남루 앞에는 밀양강이 흐른다.

길을 찾아서
— 성파선사의 쌀통

구름처럼 지는 벚꽃이 너무도 처연하여
이적지 걸어 온 길을 그만 잊어버렸는데요
고심 끝에 양산 통도사 서운암에 정좌하신
시인 성파스님에게 길을 찾으러 갔었지요.

성파선사는 길 위에 앉아
벚꽃 같은 미소만 짓고 있을 뿐,
내가 간청하는데도 길은 찾아주지 않고
오동나무로 손수 만드신 쌀통을 하나 주셨지요
(이 쌀통은 오동나무로 만들어 벌레가 생기지 않는 법이요)

성파스님의 법어가 쌀통에서 울려 왔습니다.
그때, 잊혔던 길이 환희 트여 오는 것이 아니겠습니까
모든 길은 그 통 속에 똬리치고 있었던거지요.

쌀통에 쌀벌레가 생기지 않는다는 그 말뜻이
큰 울림으로 깨달음의 피안에 닿았습니다.

우리 집 식탁 옆에는 까만 옻칠로 온 몸을 치장한

오동나무 쌀통이 앉아 있습니다.
더러운 것 끼어 들지 않는 청정한 정신의 허기를 채우려고,
내가 가야할 길 위에 현자처럼 앉아 있습니다.
가부좌를 틀고, 성파스님처럼.

그리운 산

나는 언제나 당신을 우러러 봅니다.
날마다 당신 품속으로 들어가 보지만
겉만 보다가 돌아옵니다.
도시 그 높이와 깊이를 측량 할 수가 없습니다.

앞이 보이지 않는 무성한 숲을 만나
헤매기도 하지만
깊은 골짜기를 만나 향방을 잃었습니다.
온 몸을 소진하여도
정상이 어디인지 아무리 올라가도
끝이 보이지 않습니다.

아버지 하고 불러보면
온 세상이 아버지로 울려옵니다.

나는 집 밖을 나설 때나, 들어 올 때나

벽에 계신 아버지 앞에 절을 합니다.

그것이 제가 할 수 있는 모든 것일 뿐입니다.

*아버지 : 도산서원 원장을 지내신 유학자 창릉 박용진 선생

어두운 은유

온통 하늘을 빼곡히 덮으며
떼 갈가마귀 먹구름으로 밀려온다.
나는 매캐한 겨울의 냄새를 맡는다.
먼 길을 가는 사람이 타오르며 검은 연기로 사라질 때
문득 바라보던 어두운 하늘.
코도, 귀도, 눈도 없는 밤의 막장에서
밑도 끝도 없이 내리 꽂히는 필생의 낙하
음울한 메타포를 찾아
내가 벼 그루터기를 밟고 들판을 팔도 없이 걸어갈 때
갈가마귀떼는 검은 소낙비가 되어 들판에 내려앉는다.
물밀듯 밀려오는 어두운 종소리.
나는 귀를 열어 그 종소리의 음표를 받아 적는다.
어둠이 오기 전에
이미 들판은 어둠으로 붐빈다.

그리운 호명(呼名)

들길을 가면, 누군가 애타게 나를 부르는 것 같다
뒤돌아 보면, 금방 바람결에 사라져 버린듯,
벼 그루터기에 검불만 제 몸을 휘감다가
바람을 데리고 풀려 나간다.

내가 언젠가는 돌아오지 못할 마을로 가서
이 스산한 겨울 들판에 다시 찾아 와
누군가를 애타게 부르고 있을 것인가

새떼들이 그 부르는 소리를 되내이며
진홍의 노을 속으로 점점이 사라진다.

들길 저 끝에서 누군가 들릴듯 들릴듯
들리지 않는 목소리로
애타게 나를 부르는 것 같다.

소 원

시인이신 영운스님의 덕담을 들을려고 어림산 복원사에 갔는
데요. 한해가 저물어 가는 날, 문인 다섯 사람이 제마다 소원을
가슴에 품고 스님의 독경을 들었습니다.

스님이 직접지은 토굴 안이 원광처럼 화안히 퍼져 갔습니다.
새해에 소원성취 해달라고 비는 말씀들이 그 빛 속에 스며들어
토굴 안이 훈훈했습니다. 누가 나에게 무슨 소원을 빌었느냐고
묻길래, 술 잘 마시게 해달라고 빌었다고 하니까, 소원이 그것
밖에 없느냐고 되물었지요. 술 잘 마시는 것 보다 더 큰 소원이
어디있느냐고 내가 웃으며 말했지요. 술을 잘 마시려면 건강해
야 하니까 우리나이에 건강보다 더 좋은게 어디 있겠는지요. 욕
심이 적으면 마음이 가벼워지는 법, 가벼워야 새처럼 푸른하늘
을 날아 오르지.

옛날 신라 때 임금이 행차 했다는 어림산.

오늘 한 이름없는 시인이

스님의 독경소리에 빛으로 살아서

어림산 위를 새처럼 날아오르고 있어요.

허무의 잇빨

냉장고에 넣어둔 홍시가 꽁꽁 얼어붙어 돌덩이 같다.
조금 녹여서 칼로 빚으니 바로 아이스크림이다.
찬 바람이 창을 울리는 밤중에
홍시 아이스크림을 먹는 것은 별미이다.

홍시가 배속으로 들어가니 나는 냉동인간이 되어간다.
누군가 나를 냉동시켜 보관해 두었다가
한 이백년 지난 뒤에 꺼내어 녹혀 준다면
나는 피가 돌고 오장육부가 다시 움직여
살아날 수가 있을까

그때, 나를 알아 볼 사람은 아무도 없을텐데.
처자식도, 친구도 이미 어디론가 떠난 후 일텐데
아무도 나를 알아보지 못하는 세상에서
나는 망망대해의 한 낱 나뭇잎처럼 떠돌것인가.

냉동 홍시를 빚어 먹으면서

문득 내 등 뒤에서 나를 야금야금 먹어 치우는
신의 잇빨을 감지한다.

그것은 속절없이 나를 물고
질질 끌고가는 허무한 시간의 잇빨이다.

열대야

방문이란 방문은 다 열어 젖혀 놓고
모기장 치고 잠들었을때
어디선가 늑대가 아이 물어 갔다고
온 동네가 떠들썩 술렁거릴때

마당엔 모깃불 피워 놓고
모깃불 연기가 하늘에 닿아
별들도 잠이 들때
우리 조무래기들은 냇가에 둘러앉아
외서리하여 신나게 먹고 놀때
은하수는 하늘 끝꺼정 강물을 풀어놓고
내 친구들은 냇물에 뛰어들어 덤벙거릴때

밤새 노느라 잠못들던 홍안 소년이
이제는 잠이 안 와서 잠못드는 초로의 햇영감이 되었네

아! 생각느니 세월은 덧없어라
이 한 밤 숨막히는 열대야도 순식간인 것을

싸늘한 시선

푸른 실핏줄이 엉킨 철책을 감고
온 몸이 신열로 달아오른 장미가 또아리치고 있다.
서화담을 찾아 간 황진이의 어깨가 처져 있다.
뜨거운 입김도 싸늘한 의지에 닿으면
농염한 육신과 함께 흐물흐물 삭이어 내리는 것일까
황금빛 관능으로도 녹일 수 없는
아득한 현기증 같은 빛의 알갱이들이
혈관 속으로 떠서 소용돌이 친다.
뜨거운 관능은 허무한 것이다.

어느날,
열반에 드는 스님 같이
내가 문득 눈을 밟으며 눈을 열었을때
철책 울타리엔 불꽃을 지피던 장미는 보이지 않았다.
뜨겁게 타오르던 열정의 꽃부리는 말라서
시들은 잎사귀에 겨우 비루먹은듯 매달려 있었다.

차가운 눈속에서도 눈을 부릅뜨고
철책들이 나를 바라보고 있다.

천년의 달빛

일천이백오십여년전에
시인 이백(李白)은

牀前明月光 疑是地上霜

이라 노래 했는데
그때 그 달이 나의 침상에 들어와 있구나.
천년전이나 지금이나
하늘에는 그 달 하나 뿐인데
세월은 머물지 않고 덧없이 가는구나

창을 여니 뜰엔 서리가 내린듯
그 옛날 이백의 눈에 비친 달빛
오늘 밤 나의 눈에 비친 달빛이 다르지 않느니
또 다시 천년이 지난 후
어느 시인의 침상에 달빛이 스며들어
나처럼 이백의 시를 생각하겠는가

아득하고 덧없는 것이여.

오늘 밤 나는 잠들지 못하고
달빛에 온 몸이 젖어 있다.

구름자리

—야은(野隱) 스님

온데도 간데도 없는
구름 위에 자리를 편 화엄(華嚴)의 경전

응어리진 진흙탕 속에서도
만행(萬行), 만덕(萬德)을 닦아
일만 과일을 맺는 수행의 스님
속세의 진오(塵汚)를 털어 버리고
오도(悟道)의 미소를 띠고
연꽃 위에 앉아 우리를 반겨 주네

공양주도 없이
꽃등 하나 달지 않고
깨달음의 불빛을 환히 밝혀주는
무욕, 무소유의 야은 스님

울주군 웅촌면 반계길
청솔 우거진 골에 진여(眞如)의 등불을 켜는

운흥사(雲興寺)가 구름 위에 떠 있고
야은 스님이 그 위에
연꽃으로 자리를 펴고 있다.

길 아닌 길에서

차가운 눈길을 한없이 걸어와서 뒤돌아보니,
그것은 길이 아니었다.
험난하고 가파른 산 길
누군가 나의 발자욱을 따라 걸어오고 있었다.
그것이 길인줄 알고,
나의 발자욱을 따라 허덕이고 있었다.

"그것은 길이 아니야,
따라 와선 안돼"
나는 고함을 질렀지만,
나의 소리는 매운 눈보라에 휩쓸려 닿지 않는다.

왜 내가 나의 발자욱을 지우지 않았는가.
나는 요즈음 시 쓰기가 두려워진다.

가을길

개나리, 복사꽃, 진달래
연둣빛 살결이 탱탱히 부풀어 올라,
몽글 몽글 꽃피던 봄마을을 지나,
눈부신 햇살에 초록의 물감을 버물러
온 산야에 흩뿌리던 여름 숲길을 지나,
어느새 나 여기까지 와버렸네.

푸르던 하늘의 가장자리에
진홍의 노을은 번져오는데,
쑥부쟁이, 구절초, 개미취
외로운 들길에 동그마니 앉아 있는데,
나뭇잎새마다 빠알갛게 마지막 숨을 모으는
생명의 울림.
어느새 이처럼 멀리 와버린 것일까
돌아보니 길은 아득하여
구름 속에 스멀스멀 지워지고,
그리움의 말을 아른아른 길어 올리던

너는 아직도 거기 있느냐
싱싱한 파도가 은피라미떼처럼 뛰어오르던

젊음의 푸른 실핏줄은 감감히 사라지고,
희끗희끗한 은빛 갈대의 머리칼로 얼굴가리며
나는 가을길에 우두커니 서있다.

새털구름 머흘머흘 흘러가는 하늘 한 자락
가을언덕에 내려 앉아 나를 부르고 있다.
가을은 갈길을 생각하는 계절이다.

미 망

내가 자부룩히 술 취해
안개 속을 헤매며 걸어 갔을 때
그녀가 어디선가 나를 불렀다.
구름밭을 건너 오라고
이 곳은 상처도 눈물도 없고
오직 웃음만 있는 곳
금은보화로 치장한 집에서
거문고 소리 들려오는 곳
생도 사도 없고 밑도 끝도 없는 곳
그 곳이 안개 속에서
안개꽃처럼 피어오르고 있다.

연꽃

고요 속에서 한없이 고요 속으로 들어가면
해탈의 문이 열리고
백팔번뇌와 집착에서 풀려나
오도(悟道)의 미소를 머금고 피어나는 꽃

빛깔도, 소리도, 모양도, 냄새도 없는
마음의 뿌리엔
아수라장 같은 뻘과 뻘이
얼키고 설켜 웅어리져 있다.

그 마음의 웅어리를 실오라기처럼 풀어내어
연꽃은 화엄의 정토 위에 가부좌로 앉아
말없이 웃고 있다.

원광(圓光)

명경알처럼 맑은 하늘에 달은 둥덩실 떠서
부처의 얼굴로 내려다 보고 있다.
원광으로 퍼져 나가는 무량한 빛의 물결

땅 위에는 개 한 마리가 미쳐 날뛰며
목이 찢어져라 짖어대고 있다.

달은 구름을 데려와
잠시 면사포로 얼굴을 가리우고
개의 미친 목소리를 잠재우고 있다.

아무리 개가 짖어대도
달은 아무 말 없이 빙긋이 미소만 지을 뿐
소란한 세상을 빛으로 다스리는 자비

땅에는 제풀에 죽은 개가 널브러져
화안한 빛 속으로 빠져들고 있다.

물거품

영원히 눈감지 못하는 일생이 지나가고 있구나.
애처로운 씨앗하나 병실을 지키며 그 또한
눈을 감지 못하고 뜬 눈으로 밤을 지새우고 있다.

너무나 억울해서 빗나간 생을
마감 할 수 없어서
새카맣게 적어 내려가는
한 생애의 문맥

오독(誤讀)된 비뚤어진 행간에
종지부를 찍지 못하고
느낌표만 끝없이 늘어서서
하늘 저 끝까지 닿아 있다.

한줄기 연기로도 풀어 내지 못하고
한이 맺혀 떠나지 않는 옷자락을 붙들고
밤은 밤으로 이어져 매듭이 풀어진다.

잘 가시오.

세속의 인연은 한갓 물거품 같은 것.

금빛 들판에서

다시 찾은 들판에 상화선생은
해마다 봄을 데리고 와서
민들레꽃 들마꽃 푸른 보리밭을 보여 주신다.
푸른 보리밭 위로 종달새를 띄어 놓으시고
자유의 시어(詩語)들을 불러 주신다.
나는 가르마 같은 들길을 따라
해종일 걸으며
금빛 들판 가득히 선생의 푸른 시혼을 담아
참답게 사는 법을 받아 적는다.

삼월의 바다

사랑을 하려거든 바다로 오라
봄바람 사운대는 바닷가에 서서
미움도 갈등도 없는
순수한 인정을 품은 사람아
사랑을 하려거든 바다로 오라
오직 한 마음으로 몸 부비며 출렁이다가
님을 향해 달려가는 파도의 열정
그리움 쏟아내는 물보라의 순정
봄날 아침 꽃봉오리 입을 열듯이
수평선 저 멀리서
눈부신 햇살 이랑이랑 꽃 물결타고
금빛 입맞춤이 여기에 있네.

바다는 아직도

어느새 나는 저물어서
바다가 내 가까이 와 있다는 것을
안개비에 젖은 몸으로 어렴풋이 깨닫는다.
가끔 밤에 홀로 깨어나
강물이 바다를 향해 흐르는 소리를 듣는다.

나무의 몸에서 떨어져나간
꽃들이 바스라져 바람에 실실이 날려가고
나비는 꽃의 기억에서 벗어나
제 홀로 날아가버렸다.

가시덤불에 할퀴며, 돌부리에 걸려 넘어지며,
말없이 흘러온 삶도 이젠 올올이 풀어져서
잔잔한 물결위에
오직 높고 고귀한 별들을 띄운다.
나의 것이 아닌, 아쉬운 모든 것을 잊어버리고
찬연한 노을꽃을 담고 흘러가리라.

바다는 아직도 먼 곳에서 잠자고 있지 않는가
밤에 홀로 깨어나
강물이 은빛으로 빛나며,
몸을 푸는 소리를 듣는 시간이 많아졌다.

3

이 빨

나의 몸보다 늦게 태어난 놈이
나보다 먼저 갈려고 하는 구나

음식물을 잘게 잘게 재단해서
나의 위장을 돕고
영양을 지원하던 나의 충복

때로는 분노에 떨며
나와 함께 이를 갈던
너의 충심을 어찌 잊을 수야 있겠는가 마는

나와 함께 청산에 가길 바랐던
너가
이렇게 배반을 하다니,

하기야 요즈음 세상은
배신의 시대가 아닌 가

세속을 따라, 의리를 버리고

나를 떠난다는 너를
내 어찌 막을 수가 있겠는가.

소통

소매물도는 남빛 바닷물을 사이에 두고
두 섬이 마주보고 있다.
큰소리로 부르면 들릴 듯 지척간이다.
서로 애타게 그리워 하다가
썰물이 나가면 길이 트이어
섬과 섬이 몸을 섞는다.

섬도 아닌 육지에 철조망을 가슴에 박고
남과 북은 찢어져 신음하고 있다.
노루, 사슴, 토끼도 남북으로 오가는데
사람들은 마음대로 갈 수가 없다.

소매물도에서 섬과 섬이 서로 길을 열듯이
남과 북은 언제 이념의 물결이 썰물처럼 씻겨나가
살과 살을 부비며 부둥켜안을 것인가

소매물도에 가면

온 몸을 가로막는 철조망이
뜨거운 핏줄의 파도에 밀려
우우 소리를 내며 물거품이 되는 것을 본다.

개 그

갑자기 몸이 흔들리고
내가 사는 아파트 십층이 어질어질 할 때
나는 장식장 위의 큰 술병을
나도 모르게 끌어 안았다
인삼주, 영지버섯주, 하수오주
공룡의 꼬리가 후려치며 지나가듯이
지진이 우리 아파트를 빠져 나갔을 때
아내가 나를 보고 웃었다.
"마누라 보다 술병이 더 좋은가베"
만약에 내가 술병을 끌어안고
콘크리트 파편에 맞아 죽었다면
신문에 무엇이라고 날까
[삼류시인, 술병을 끌어 안고 죽다]

하루살이떼

(오전에,
하루살이 아들이 외양간에 갔다가
소꼬리에 받혀 죽었다.
하루살이 가족은 물론, 온동네 하루살이떼들이 몰려와
어린 생명의 죽음을 슬퍼했다.
오후에,
하루살이 애비가 돌아다니다가
고양이 하품에 빨려 들어가 비명횡사했다.
역시 하루살이 가족과 온동네 하루살이 친지들이 모여
천수를 누리지 못하고 죽었다고 울고불고 하였다.
그러나 그 많은 하루살이들은
하루 밤새에 다 죽어버렸다.)

<태조 왕건>을 보다가 하루살이 이야기가 생각난다.
궁예도, 왕건도, 견훤도, 그 많은 장군들, 병졸들도
하루살이처럼 어디론가 사라지고 없다.
<용의 눈물>을 봐도 그렇다.

이성계도, 최영장군도, 이방원이도, 포은선생도
정도전이도 모두 하루살이처럼 사라지고 없다.

죽인 사람도, 죽음을 당한 사람도 모두 가고 없다.
천년 세월에 비하면 몇십년은 새발의 피다.
몇십년을 더 살고 덜 살고는 새발에 피다.
억만년 세월이 지난 뒤의 인류들은
지금 우리들을 무엇이라 여길까. 망망대해에 떠 있는 한낱 좁쌀.
서로 상처주고 물어 뜯으며, 모함과 보복 속에 찢어진 역사.
　지금부터 적어도 일백삼십년 후에는 현재 인류는 한 사람도 남
지 않는다.
　일백삼십년 후에는 새로운 하루살이들이 생겨나 웃고 울고 할
게다.

어둠과 절벽

나는 거미줄에 걸린 잠자리가 되어
수술대 위에 묶이어 있었다.
살을 저미는 고문에도 굴복하지 않는
독립운동가를 떠올렸다.
털 끝도 굽힘없는 그 당당한 기상을 생각했다.

나는 그 지경이면 어떠했을까
무지막지한 군화에 짓밟히는 풀 한 포기
짓이겨진 풀여치, 방아개비
나는 속수무책으로 비굴하게 목숨을 구걸했을 것이다.
그 막강한 폭력 앞에서 납작 엎드렸을 것이다.

나는 지금 절대자 하느님께 빌고 있다.
술을 마시지 않고 하느님만 믿겠습니다.

나는 한 마리 병든 나비처럼 맥없이 날고 있다.
물방개 한 마리 흙탕물에 휩쓸려 떠내려 가고 있다.

눈보라를 거슬러 향방없이 나르는 참새 한 마리.

병원을 드나들 때마다
나는 하느님께 빌었다.
참으로 나는 간사한 사람이다.
하느님도 내가 그렇고 그런 사람이란 걸 다 아시겠지만,
병원을 나서면 하느님을 다 잊어버린다는 것을 다 아시겠지만,

캄캄한 어둠 속에서, 새의 낭떠러지 위에서
이 간교한 사람이,
하느님께 용서를 빌고 있다.

그때 그 시각

자다가 깨어나 시계를 보면
3시 15분
거의 매일밤 그 시간에 잠을 설친다.

티브이를 보다가
책을 보다가
어슬렁 어슬렁 이방 저방 기웃거리다가

누가 꼭 이맘때면
나를 잠에서 불러내는가
밤을 지새우며 청승스레 우는 부엉이

한밤중에 시골집 홰나무에 앉아
부엉이가 울었다.
아버지께서는 사랑방 덧문을 활짝 열어 젖히고
"훠이, 훠어이" 부엉이를 쫓았다.
나는 잠을 깨곤 했지만, 이내 코를 골았다.

호롱불을 켜고 밤새워 아버지께서는 글을 읽으신다.

아! 지금 생각하니,
아버지께서는 지금 나처럼
잠이 오지 않으셨나 보다
그러니 그때 그 시각이
어쩌면 3시 15분

반 성

나의 서재의 벽에서 내려다 보신다.

"너가 그렇게 생각이 좁고 용렬해서
무엇에 쓰겠는가"
꾸짖으시는 아버지 말씀이 벽에서 울려온다.

이 녹두콩 만한 내가
밴댕이 속같이 좁은 내가
시를 쓰겠다고

나는 만년필 뚜껑을 닫고
고개를 푹 숙이고 있다.

씨 없는 수박

만년의 취미 또는 보람으로
무허가 결혼 상담소를 차렸다.

밑천은 수첩 한 권과
휴대폰.

그런데 상품은 수두룩하다
왠 노총각 노처녀가 이렇게 많다니,
30대 후반은 고사하고
40이 넘은 노총각 노처녀가 수첩가득 얼굴을 내민다.

부모들도 관심이 없다.
"제가 알아서 하겠지"
처녀 총각도 무덤덤하거나 애살이 없다
"시집가서 남의 노예생활 뭣하러 하나"
"장가 안가고 혼자사니 세상 편하네"
만년의 보람으로 창업한 나의 사업은

폐업 일보 직전이다.
상품은 많은데 연결이 되지 않는다
말하자면 판로가 원활하지 않다.

나는 문득 씨 없는 수박을 떠올린다.
일회용으로 끝나는 인생.
자식이 있고 손자가 있으니까
내 뒤를 이어 영원히 사는 것인데
나의 인생철학에 씨 없는 수박이 굴러들어 와
헷갈리게 한다.

적막한 세월

나의 손자 창현이가 여섯 살 때 일이다.

어느날 나에게 물었다.

"할아버지, 할머니는 결혼 안 해요?"

엉뚱하게 느닷없이 묻는 말이라 무슨 뜻인지도 모르고

"왜 결혼 안 해, 결혼 했으니까 이렇게 살고 있지"

"그러면 왜 애기가 없어요?"

의아한 듯이 물었다.

그제서야 요 녀석이 묻는 말이 무엇인지 알만 했다.

(나의 손자 창현이가 우리 집에 올 때마다 우리 부부만 뎅그러니 앉아

있는게 이상하게 보인 게로구나.)

"왜 애기가 없어, 니거 아부지가 내 애기 아니가"

"할아버지, 할머니 애기는 너의 아버지이고

너의 아버지 애기는 바로 창현이란다."

그제서야 손자는 고개를 갸우뚱 거리더니

이제 이해가 되는 듯 빙그레 웃었다.

그러던 창현이가 벌써 열다섯 살이다.

나의 아들 병록이가 애기였던 때가 벌써 40여년 세월

세월은 물 같이 흐르고, 화살 날아가듯 빨라서

눈 깜짝할 사이에 한 평생이 지나가는구나.

속앓이

아버지께서는 술이 과하시면
주무시다가 앓으신다.
"아부지요, 어디 편찮으십니꺼"
"아니다, 괜찮다"
세월이 속절없이 흘렀다.
어느새 내가 그때 아버지의 나이가 되었다.
나도 아버지를 닮아서인지
술이 취하면 잠을 자다가 앓는 소리를 낸다.
"어디 아프세요"
걱정스레 묻는 아내의 목소리가 고요한 밤을 흔들어
나는 잠을 깬다.
"아이다, 괜찮타"
"그런데, 왜 그렇게 앓는가요"
"마음이 아파서다"
"마음이 왜 아픈데"
"그걸 어찌 다 말로 하노"
별스럽다는 듯 아내는 방문을 닫고 나간다.

잠에 대한 고찰

한 밤중, 거의 매일 밤 그 시각에
잠에서 깨어난다.
다시 잠 속으로 들어가려 해도
잠의 껍질은 어디 가버렸는지 오지 않는다.
젊을 때, 그렇게도 많던 잠이
요즈음은 아무리 불러도 오지 않는다.

억지로 잠을 청 할 필요는 없다.
언젠가, 영원히 잠들 날이 올 테니까
잠이여, 너 혼자 어디가서 놀다가
영영 돌아오지 말아라
그러면, 나도 영영 돌아오지 못할 곳으로
갈 일이 없을테니까
영원히 잠들지 않는 비법이 여기 있구나.

잠들지 못하는 밤에

한 밤중에 라면을 끓인다.
배배 틀리고 꼬여진 몸이
열탕 속에서 풀어진다.

풀벌레도 잠들지 못하고
숨 죽여 운다.

나는 속이 부글부글 끓어 올라
부글부글 끓어 오르는 라면을 휘 젓는다.

한 밤중에
라면처럼 내가 속이 부글부글 끓어 올라
잠들지 못한다.

풀잎에 맺힌 이슬처럼 풀벌레가
이슬만한 소리로 울어댄다.

시간 여행

서울에 있던 나를 2시간 18분간을 끌고 가서
울산에 내려 놓는다.
케이티엑스란 괴물이 그 시간 만큼
나를 늙게 해준다.
내가 집안에 가만히 숨어 있는데도
시간의 열차는 나를 어김없이 찾아서 끌고 간다.
알지 못하는 맹목의 세계로 나를 질질 끌고 가는데도
나는 눈을 뜨고 보면서도 보지 못한다.

한 시도 머물지 않고 뒤도 돌아보지 않고
앞으로만 나아가는 그의 속성을 어찌 할 수가 없다.
새도 즘생도 꽃도 나비도 그냥 두지 않는다.

몇 억년을 달려 가도 뒤도 돌아 보지 않는다.
나를 우주의 한 가운데 내 팽개치고도
그것은 앞 만 보며 달려 갈 것이다.
무심한 그것의 보폭 앞에

나는 오늘도 덜미를 잡혀 속수무책으로
끌려가고 있다.

비 애

태원 김선학 사백이
나에게 보낸 연하장
「저무는 역두에서 너를 보낸다
비애(悲哀)야」
오장환의 「라스트 트래인」의 첫 구절이다.

"올해는 비애가 없어야 할텐데"
하고 빌었지만,
비애 투성이다.

연민의 정서는 사라지고
사람이 점점 사악해져 간다.
인간성을 회복하지 않고는
이땅에 축복은 없다.

가을 편지

"가을 비가 내리고 있군요
흘러간 아름다운 것은
가슴 속에 고이 간직하고 아름답게 익어 가렵니다.
사람은 늙어가는 것이 아니라
향기롭게 익어 가는 것이라 했던가요
이 가을 건강하고 향기롭게 익어 가시길-."

이 비가 그치면
빠알갛게, 혹은 노오랗게 물든 나뭇잎 속에서
잊혀지지 않는 사람이 그렇게 속삭이겠지

어느새, 그리운 편지 위에 나뭇잎이 떨어지고
낙엽이 바람에 쓸려 다닐 때,
추억을 마시며 정처없이 거리를 쏘다닐테지.

머지않아 겨울이 와서
흰 눈이 우리들 추억의 편지 위에 내릴 때

가버린 것은 돌아오지 않는 것이라고
한 잔 술을 마시고,
눈부시게 찬연한 꽃밭에서 세월없이 꿈꾸던
젊은 날의 나비를 기억하며 한 숨 짓겠지.

흰눈이 나비떼가 되어 하늘하늘
산다화 빠알간 입술을 적시면,
띄우지 못한 마지막 편지를
내 가슴 속에 묻어두고,
나는 별빛 내리는 창밖을 내다보며
별처럼 영롱한 시를 쓰겠지.

대 작

감기가 극성이다.
떨어졌다 하면 또 붙고
겨우내 붙어 다니던 감기가
벚꽃이 피자 어디론가 사라졌다.
어디, 더 좋은 곳이 있나보다

"붙어라는 돈은 붙지 않고
그 놈이 나를 괴롭히니"
술좌석에서 친구의 푸념이다.

아직도 사업을 그만두지 못하고
얽매여 사는 친구의 얼굴에 취기가 오른다.
이젠 붙을 것이라곤 병마뿐이 아니겠는가
소나무 껍질처럼
얼굴에 피어있는 검 버섯

인생의 훈장인가
친구의 얼굴을 바라보며 마시는 술이
얼큰하다

잠식 그 이후

들판 한 가운데 큰 나무가 서 있다.
칼바람이 빈정거리며
나무를 할퀴고 막말로 떠들어댄다.
바람은 어느새 폭풍으로 변해
온 들판을 떠메고 갈 기세다.

사람들은 입을 다물고 두손을 모아
그 큰나무를 위해 기도하고 있다.
그 마음이 하늘에 닿은 것일까.
하늘이 먹구름의 휘장을 걷어내고
맑고 밝은 얼굴을 내민 것은
햇살이 오색영롱한 날개를 단 천사들은 데려오고
북을 둥둥 울리며 훈훈한 입김을 불어대었을때
여기저기 칼바람이 숨을 멎고 픽픽 스러진다.

큰 나무는 악풍을 견뎌낸 것일까
나무의 가지 마다 움이 트고 잎이 피고 꽃이 입술을 열어

나비와 꿀벌과 새들이
산지사방 평화의 말을 퍼뜨리는 것을 보면,

악풍은 오래가지 않는다.
미풍이 힘이 세다는 것을
숨을 죽이고 바라본 사람은 알게 될 것이다.

4

군자(君子)의 길

창호지에 달빛이 스며들어
완자창이 파르스름히 물들면
아버지께서 글 읽는 소리 웅혼하게 들린다.

예가 아니면 보지 말고,
예가 아니면 듣지 말고,
예가 아니면 말하지 말며,
예가 아니면 행동하지 말라.

뒤울안 대숲이 서걱서걱 받아 적는다.
맑고 곧은 말씀이 댓잎에 맺힌다.

청포를 입고 뜰을 거닐던 아버지
그 높은 덕이
뜰앞 난초꽃잎에 스미어
군자의 길을 따라
우련히 향기가 퍼져 나간다.

걸음

내 어릴때 설이나 추석 다음으로 즐거운 날은
어머니 따라 장에 가는 날
오 리 길을 걸어 닷새마다 열리는 시골 장날
개울이 나서면 징검다리 건너다가
징거미, 물방개 잡고
길 가 풀꽃 꺽다가 개개비 뒤따라 뛰어다니며
어머니 보다 저 만치 뒤처져 걷던 길
그럴라치면 어머니는 뒤돌아 보시며
"우리 도련님, 퍼뜩 가자. 과자 많이 사주마"
웃으면서 나를 기다리셨지.
동백기름 바른 어머니 머리카락 사이 가르마처럼
내 유년의 길은 눈부시게 반짝거렸지.

한참 세월이 흘러 어머니 모시고 외가 가는 길
이제는 어머니가 나보다 뒤처져 걸으셨지.
"빨리 좀 오소"
나는 뒤돌아 보며 얼굴을 찡그렸지.

"오냐, 오냐, 빨리 가마"
어머니는 종종 걸음으로 서둘러 오시면서도 웃으셨지.
아! 아! 왜 나는 그때 짜증을 내었던가
세상에 잊지 못할 한 사람이 있다면
바로 우리 어머니.
어느새 세월이 흘러 뒤 떨어져 오시던 어머니가
나를 앞질러 영영 가버리셨네.

이 스산한 가을 해 넘이
그때, 그 어머니 만큼 나도 나이를 먹어
들판을 걸어가며 어머니 생각
참회의 가슴 미어져 망연히 서서 하늘 바라보니
"우리 도련님, 내 따라 오지 마라"
돌아보니 벼 그루터기를 휘감고
사라지는 바람소리 뿐.

장수(將帥)의 끈

실비단올로 짜내린 빗줄기가
창문에 수를 놓는 정자항 횟집에서
나는 한 장수를 보았네

시문의 장수, 학덕을 갑옷처럼
몸에 두른 장수.
동해 바다의 파도를 잠재우는
고담준론(高談峻論)
이 세상 사문(斯文)이 병들고
참 선비가 없다는 말이 허언임을 내가 알게 되었을 때
카랑카랑한 대쪽같은 음성이
유리창에 어린 비의 수틀을 온통 쓸어버렸네

내가 그때 그 장수의 손을 꼬옥 잡고
한 손으로 손수건을 꺼내 연싯 눈시울에 갖다댄 것은
서로 마음이 닿아가 지음(知音)이 되어
심교(心交)의 끈을 이어 주었기 때문이네.

참다운 시인은 신기루나 무지개 같아서

어느 누구의 손 끝에도 닿지 않는
아득한 곳에 거처하는 신선인 것을
그 선비가 비안개 속으로
떠난 후에야 알게 되었네.

태화강역에서

경주에서 김선학 교수의 문예대학 송별연에
정민호 형과 함께 술마시고
김선학 친우가 서울가면 다시 만나기 어려울거라고
자부룩하게 술마시고
비몽사몽간에 올라 탄
동해남부선 무궁화 열차

태화강역에 닿기도 전에
태화강이 온 몸에 불을 켜고
황홀하게 꽃등불로 타오르고 있었다.
이럴 즈음에야 겨우 휘어진 나무막대처럼
삐뚜로 서서
더러 비틀거리다가 일탈한다.

태원과 울산에서 함께 술마시고 헤어질때
그는 "태화강역에서 송당과 일별"이란 시를 썼다.
그날은 부슬부슬 비가 내렸다.

경주와 울산은 지척간이지만
언제나 비몽사몽 간이다.

* 태원-문학평론가 김선학의 호

* 송당-박종해의 호

동천강 둑에 앉아

어린시절 동천강이 나를 키워주었네
바닥이 훤히 보이도록 맑은 강이 흐르고
강가엔 은 모래벌
넓은 금잔디 밭이 강둑까지 기어오르고
미루나무들이 강을 따라 가고 있었네.

맑은 물결을 따라 헤엄치다가
잔디밭에서 공을 차다가
해 저물도록 놀았지

호계에서 송정까지 오리길
검정 고무신 떠내려 보내고
멱 감으며 집으로 오는길은 왜그리 허기졌는지.

지금 강둑에 앉아 있노라면
개구쟁이 친구들 왁자히 떠들며 물장구 치는 소리.
눈을 감으면
내 안에서 흘러오는 유년의 강

동대산을 보며

해발 사백사십사 미터
태백산 나린 줄기가
경주 토함산을 이어 남으로 뻗어나린
동대산맥
가운데 무룡산이 춤추며 덩실 솟아있다.

어린시절 나는 보았네
동천강 둑에 앉아
동대산이 올망졸망 새끼 산들을 옆구리에 끼고
바다를 향해 내달리는 것을

동대산
말없는 나의 초등학교 친구여!

당사포구에서

강동 바닷가 몽돌처럼
둥글게 둥글게 오순도순 모여사는
포구 마을
당신(堂神)과 해신(海神)이
서로 손을 맞잡고
정겨운 사람들을 품어 주는 곳
당사포구에 서면
긴 방파제를 쉬임없이 어루만지는
물결처럼
삶에 지친 고달픈 마음을 씻어 주리니
푸른 바다 바람에 실려오는
맑고 순수한 사랑의 밀어
수평선 끝까지 갈매기처럼 훨 훨
날아올라 춤추며 노래 부르리

슬도

바위가 비파소리를 내는 곳이 있다.
울산 동구에 있는 슬도에 가 보아라
비파슬자 섬도자 이름하여 슬도
우리 시인들에게 비파소리를 들려준다.

해안에 즐비한
바위가 구멍이 숭숭 뚫려 기기묘묘하다
그 속으로 바닷바람이 드나들면서
비파소리를 낸다.

바다 안개가 자욱이 끼는 새벽이면
선녀들이 비파를 켜면서
하늘로 올라갈 채비를 한다.

그 구름옷 한 자락을 내가 훔쳐오면
선녀는 내 색시가 될 수 있을까
나는 술 마시고, 선녀는 비파를 연주하고.

우포늪의 기억

늪 가의 무성한 미루나무잎을 흔들며
매미는 목이 타도록 울어대지만,
망건쟁이, 물방개, 염낭거미들은
순채, 달개비, 검정말 사이를 비집고 다니며
해 종일 까불고 논다.

햇살이 황금 옷자락으로 늪을 감싸면
가시연꽃이 배시시 눈을 뜨고
젖은 아랫도리에 햇살을 흠뻑 빨아들이고
발그레한 얼굴로 명상에 잠겨든다.

눈썹만한 달이 구름 옷에
얼굴을 묻는 한 밤에는
늪이 여러번 크게 울었다.
목이 쉰 왜가리는
어드메 고단한 몸을 풀고 있을까

오월의 초록바람이 창을 서너번 두드리고 갔다
나는 한 밤내 잠들지 못하고
머리맡에 놓인 소주병을 기우렸다.
취기가 오르자 이내 늪 속으로 빠져 들었다.
늪이 여러번 몸을 뒤척이고 있었다.

경중미인(鏡中美人)을 생각하며

경기 화성땅에 가면
거울 속 미인을 만난다네.
하루에도 한 번씩 거울을 꺼내들면
소리 소문없이 명경 속에
청평 호수의 물안개처럼 피어오르는 여인

봄이면 노오란 개나리꽃 사이로
화사한 얼굴에 미소를 머금은 미인
가을이면 은행잎 사운거리는 길을
황금의 의상을 입고
눈부신 자태로 꿈결처럼 스며오는 여신
기름 버물린 경기쌀을 머금고
임진강 물소리처럼 유정한 음성으로
경기민요를 부르네.

머언 화성땅에서 그녀가
비둘기처럼 포르릉 날아올 것 같아서

나는 오늘도 강화 화문석을 깔아놓고
온 밤을 불 밝혀 지새운다네.

사문진에서

아무도 불러주지 않아서 쓸쓸하다는
도광의 시인의 가을
학창시절, 소풍왔던 화원 유원지.
지금은 이름 바꿔 유정해진 사문진
하청호시인과 술을 마시며
그의 지나온 세월얘기를 듣고 있노라니,
국화향기가 술잔에도, 도토리묵에도 스며들어
사문진 주막촌이 꽃물결이다.

우리나라에서 처음으로, 피아노가
이 나루터를 울리며 들어왔다고
일백대의 피아노 연주 축제가
해마다 꽃길을 여는곳
<귀신소리통>이라 희한하게 들었던
그때, 그 사람들의 환호 소리가
나루터를 뒤흔든다.

끝없이 볼을 부비며 늘어선 코스모스, 금잔화
꽃밭 너머로 그림같은 유람선이
금호강을 따라 강정보를 돌아오는 동안
어느새 가을햇살이 저 만큼 물러서고 있다.
하늘에서 내려온 신선들도 떠날 채비를 하는가
돌아서도 다시 발걸음을 붙잡는 사문진의 고운 풍광

여름단상

나는 뜨거운 밥과 국이 식어지길 기다린다.
싸늘히 식어지면 나의 혀는 맛을 볼 것이다.
나의 피가 펄펄 끓어오르던 젊은 시절
그런 시절은 꿈결처럼 지나갔다.
이제 나는 밥과 국처럼 식어가고 있는 것이 아닐까
나를 내려다보고 있는 신의 섬찟한 눈길이
나의 온 몸에 파고든다.
사신은 입맛을 쩝쩝 다시며
나의 몸이 식기를 기다릴게다.

햇살이 국물처럼 펄펄 끓고 있다.
펄펄 끓어 오를때가 가장 좋을 때다.
여름가고 가을가고 겨울이 와서
삼라만상이 눈보라 속에 식어가고 있을때
나는 흰 머리칼을 날리며
펄펄 끓어오르던 나의 여름 한때를
기억하겠지.

젊음의 폭염

그래도 그때가 좋았어.

가을 밤엔, 한 번쯤, 그 길을

귀뚜라미 그 조그마한 것들도
밤새워 울어대는데
내가 어찌 잠들 수 있겠습니까
귀뚜라미 편에 이 메일을 띄웁니다.

밤새워 귀뚜라미들이 문자판을 두드리는군요
"그립습니다. 그립습니다." 라고
달이 구름의 속살을 비집고 나와
빙긋이 웃는군요.

가을이 깊어질수록
그리운 병도 점점 깊어지는군요
다시는 돌아갈 수 없는 길을
달빛이 내 그림자를 끌고 가는군요
당신도 그 길을 찾아 한 번쯤은 가 보시나요

세월이 그 길을 지운다해도
이 가을밤엔, 한 번쯤은, 그 길을...

봄이 오면

봄이 오면
당신이 꽃 속에 숨어서
나를 부르겠지요

배롱나무 가지가 봄빛을 흔들며
봄 바람이 나의 옷자락을 날릴 때
당신이 내 가까이 와 있다는 것을 알겠습니다.

얼음 풀린 강물에도
논 물이 출렁이며 휘살지을 때도
당신이 가까이 와 있다는 것을 알겠습니다.

봄은 우리를 다시 만나게 하는
아름다운 두 손을 가지고 있군요
봄의 손길에 이끌려
나는 산과 들판과 강가를
당신을 따라 정처없이 해매일 것입니다.

<발문>

봄을 염원하는 晚秋의 抒情

김명수
(시인. 아동문학가)

그토록 뜨겁던 폭염이 물러가고 하늘이 드높아진 가을입니다.

이 청명한 가을에 형이 새 시집을 내신다는 소식을 들었습니다. 너무도 기쁘고 반가운 소식입니다. 그런데 뜻밖에도 형은 저에게 형의 새 시집에 평설이나 발문을 쓰라 하십니다.

저는 거듭 사양을 했지요. 제가 어찌 형과, 형의 깊디깊은 문학을 언급할 수 있겠습니까. 저의 비재와 얕은 식견은 형의 문학의 언저리에 다다를 수 없습니다. 형은 저의 간곡한 사양을 거두지 않습니다.

정신을 모으고 무딘 필을 가다듬어 형을 떠올리고, 형의 문학을 살피건대 저와 형의 인연이 소환됩니다. 하마 40년 전입니다. 그때 이래 우리는 글로서 이미 벗이 되었지요. 그러면서 서로가 미인을 그리듯 그리워했습니다. 그러던 것이 제 영광스러운 창릉문학상 수상 때였습니다. 형의 선친이신 창릉선생의 尊

名으로 제정된 제 10회 창릉문학상을 수상하는 자리였으니 3년 전이었습니다. 우리는 흰 머리를 白雪처럼 흩날리는 나이에 비로소 처음 만나 가슴에 쌓인 懷抱를 풀었지요. 그토록 오랜 세월 서로의 만남이 쉽지 않은 연유야 전적으로 제 탓이었습니다. 대중교통조차 이용하기 망설이고 주저하던 저의 고립이 그런 나날을 이어지게 했습니다. 형을 처음 만나던 날, 과연 듣던 바로 형의 명성은 대단했습니다. 형이 거처지인 울산뿐만 아니라 경향각지에서 <蒼菱集> 발간과 저의 수상을 축하하기 위해 모인 수백 명의 축하객들이 하나같이 형과 뜨겁게 포옹하는 것을 보고 중망이 저절로 모이는 것이 아님을 깨달았습니다. 형께서는 저를 손잡고 집까지 초대하셨고 부인께서 손수 그토록 진귀한 산해진미를 차려놓으신 자리에 앉히고 忘年之交를 허락하시며 잔을 채워 권했습니다. 저는 형의 우정과 도량에 취하고 인정에 취해 잊지 못할 시간 속에 머문 듯 했습니다. 저는 형의 서재에서 일박했습니다. 만권의 서책이 쌓인 형의 서재에서 한평생 心悸亢進에 시달리던 저는 숙면했습니다.

이튿날 울주의 동쪽 바다 언덕, 滄茫한 바다를 俯瞰하는 찻집에서. 그리고 포구의 식당 술집에서 형과 태원 형, 그리고 울산의 고명하신 시인들과 이별주 자리는 또 얼마나 감동적인 자리였는지,

서울 부근이라고는 하지만 안산이라는 곳에서 一邱一壑에 머물던 저는 정말 모처럼 가슴이 열렸고 胸壁에는 뜨거운 눈물이 흘렀습니다.

사람의 평생이 비록 짧다지만 빛나는 한순간이 영원으로 이

어짐을 느꼈으며, 하늘이 어찌 鳥鵲에 비유할 저에게 형과 같은 좋은 벗을 허락하셨을까, 감격할 뿐이었습니다. 저는 내내 취하고, 넘치고, 사무치고, 高揚되었습니다.

송당 아형. 형의 옥고는 형의 희수를 기념하는 시집입니다. 형의 당부를 저는 끝내 굳게 사양하지 못하고 형의 시를 감히 마음 모아 살피자니, 먼저 생명에 대한 경외감, 존재에 대한 겸허함이 떠오르고 제 눈을 사로잡습니다. 가녀린 존재들. 미미한 생명들을 향한 형의 따뜻한 눈 모음이 그것입니다. 예컨대 <이슬의 생애>, <반딧불이>, <작은 모습으로 사는 법>, <하늘의 말> 등의 시들에 나오는 풀 여치나 방아깨비, 날벌레, 눈조차 안 생긴 번데기들, 그리고 작은 빗방울, 풀잎에 맺힌 이슬방울들이 그것인데, 이들은 형의 시집에 제각각 새로운 모습으로 발현되고 있습니다. 형이 따뜻한 가슴으로 품어주는 그 새로운 생명들과 존재들은 어떤 의미로 등장하고 있을까요. 저에게는 이 가녀린 존재들과 미미한 생명들이 덧없는 우리들. 유한한 생명을 살아가는 인간의 置換物로 읽혀졌습니다.

밤새워 작은 풀잎 하나가
제 몸보다 더 작은 이슬 한 방울을 품고 있다.

해가 떠오르면
작은 이슬은 풀잎의 몸에서 빠져나간다.
하늘이 불러서 먼 길을 떠나는 것일까.

아내와 나는

작은 풀잎과 이슬처럼 소파에 앉아
티브이를 본다.

티브이 속에서 작은 물방울이
풀잎을 찾아 날아 다닌다.

ー시「연민」전문

초로의 인생을 헤아리며 생명의 근원과 歸屬을 떠올리는 이 소박한 서정시는 아름답습니다. 형은 스스로 자신과 자신의 내외를 풀잎에 맺힌 이슬방울이라 여깁니다. 그리고 이를 통해 해가 떠오르면 소멸될 운명의 시간을 헤아리고 있습니다. '아내와 나는 작은 풀잎과 이슬처럼 소파에 앉아 티브이를 보고 있다' 형의 이 소박한 구절이 제 눈길을 사로잡습니다. 자연의 秩序와 順命! 자연의 질서를 존중하며 그것에 순명하는 형의 가을은 저에게는 특별하고 애틋하게 여겨집니다. 본시 그 어느 누가 시인일진대 생명과 존재에 탐구하지 않는 자가 있겠습니까만 형은 우리의 유한한 생명에 한층 더 깊이 천착하고 있습니다. 그리고 보니 형의 이 시집을 가을의 시들이라 명명하고 싶습니다.
　저는 묻습니다. 가을은 무엇입니까? 가을은 凋落의 季節이고 다만 萬象이 시드는 고적한 절기일 뿐일까요.

개나리, 복사꽃, 진달래
연둣빛 살결이 탱탱히 부풀어 올라,
몽글 몽글 꽃피던 봄마을을 지나,
눈부신 햇살에 초록의 물감을 버물러

온 산야에 흩뿌리던 여름 숲길을 지나,
어느새 나 여기까지 와버렸네.

푸르던 하늘의 가장자리에
진홍의 노을은 번져오는데,
쑥부쟁이, 구절초, 개미취
외로운 들길에 동그마니 앉아 있는데,
나뭇잎새마다 빠알갛게 마지막 숨을 모으는
생명의 울림.
어느새 이처럼 멀리 와버린 것일까
돌아보니 길은 아득하여
구름 속에 스멀스멀 지워지고,
그리움의 말을 아른아른 길어 올리던
너는 아직도 거기 있느냐

　　　　　　　　　　　　　　　　　－시 「가을길」 부분

　이 시에는 추억과 悔恨이 담깁니다. 형은 스스로 '가을은 갈
길을 생각하는 계절인가" 라고 쓸쓸히 묻습니다. 그러나 이 회
한에는 형이 임한 使命과 結實이 제외되어 있습니다. 필생을 教
育者로 獻身해온 형의 빛나는 사명과 아름다움이 생략되어 있
습니다. 형은 학업을 마친 이후 청년시절 이래 시를 쓰며 이 땅
의 청소년교육을 책임졌습니다. 고등학교 교장 직을 정년하시
고 고향에 돌아와 문화원장 직과 예총회장직을 수행했습니다.
위의 시에서는 형이 이룬 빛나는 결실이 가려져 있습니다.
　나는 다시 형의 시를 살핍니다.

번데기는 눈이 없다.
나방이 되어 비로소 눈을 열고
고치를 뚫고 나온다.
눈에 보이는 것은 모두 장벽이다.

눈이 없는 번데기가 나방으로 변신하여
고치를 뚫고 나오듯
나는 감고 있던 눈을 뜨고
장벽을 뚫고 나아간다.

세상은 꽉 막혀 있는 것 같지만
실은 환하게 트여있다.
캄캄한 밤을 배경으로
나방은 불빛을 향해
힘껏 날아오른다.

─「작은 몸부림」 전문

내 작은 몸이지만, 온 몸으로 불 밝혀
이 사악한 어둠을 몰아내어
캄캄한 길을 밝힐 수만 있다면

─시「반딧불이」 부분─

위의 시 <작은 몸부림>에도 번데기에 투사한 시인의 자아가 보입니다. 그러나 스스로를 한없는 미물로 매김 하는 겸손과 함께 불빛을 향해 羽化하는 의지가 담겼습니다. 이 우화는 작게는 개인적 자기 해탈이며 비약이고 크게는 새로운 삶, 아름다운 세상을 염원하는 갈망입니다. 우리는 비루한 현실에 좌절하고 우리의 세상이 더 나은 모습으로 변화하길 꿈꿉니다. 번데기가 캄캄한 장벽을 스스로 뚫고나와 새로운 불빛을 보려는 것은 빛나는 세상을 염원하는 시인의 개안이며 희원입니다.

송당 아형. 우리는 왜 일생동안 시를 쓰고 문학을 하는 걸까요. 그토록 많은 가능성이 있었을 우리의 젊음을 소진하며 우리는 한권의 시집조차 내기 어려운 이 신자유주의의 시대에도 시를 놓지 않고 오늘에 이른 것은 시를 통해서나마 우리의 삶이, 우리가 몸담고 있는 세계가 아름답기를 염원했던 것이 아닐까요. 저와 형은 비록 역사와 정치를 바라보는 시각은 다를지언정 이미 숱한 서신과 통화로 이점을 확인하고 다짐했던 것이지요.

함께 인용한 시 <반딧불이> 역시 그렇습니다. 미미한 생명인 반딧불이가 온몸으로 불 밝혀 어둠을 몰아내는 것은 밝은 세상을 염원하는 형의 마음의 반증인 것입니다. 형의 시는 많은 부분 일상적 삶에서 건져 올립니다. 일상적 삶에서 이처럼 순정한 언어를 획득하는 것은 하이데거가 말한 '비 본디적 자아'를 배격하고 '본디적 자아'를 구현하는 바입니다. 이 '본디적 자아'의 구현은 한편으로 올바른 세상과 참다운 세계를 희원하는 것이지요. 우리는 오만과 맹목과 욕망에 사로잡혀 존재의 본질을 망각하고 왜곡된 삶을 살아갑니다. 형의 시에서의 아름다움은 허황한 영웅주의의 허세가 없고 다만 겸허한 소망과 겸손이 同伴되어 있습니다. 이리하여 형은 다짐합니다. 이러한 다짐은 목청 큰 웅변이 아니고 새된 강변이 아니라서 잔잔한 울림을 전합니다.

사랑을 하려거든 바다로 오라
봄바람 사운대는 바닷가에 서서
미움도 갈등도 없는
순수한 인정을 품은 사람아
사랑을 하려거든 바다로 오라
오직 한 마음으로 몸 부비며 출렁이다가
님을 향해 달려가는 파도의 열정
그리움 쏟아내는 물보라의 순정
봄날 아침 꽃봉오리 입을 열듯이
수평선 저 멀리서
눈부신 햇살 이랑이랑 꽃 물결타고
금빛 입맞춤이 여기에 있네.

　　　　　　　　　　　－시 「삼월의 바다」 전문

　형은 사랑의 시인인가요? 나는 자문하고 자답합니다. 그렇습니다. 형은 사랑의 시인입니다. 위에 인용하는 시는 시집 제 2부에 수록된 작품입니다. 다시 또 말하거니와 본시 그 어느 누가 시인일진대 사랑을 꿈꾸지 않는 자가 있겠습니까만 형은 그 어느 시인보다 가슴에 뜨거운 사랑을 품고 있습니다. 여기에서의 사랑은 인간에 대한 사랑뿐만 아니라 삼라만상의 온갖 존재에 대한 사랑입니다. 저는 여기서 말합니다. 사랑의 크기가 시인의 크기입니다. 위의 시에서는 일견 '님'에 대한 열정만을 읽을 수도 있겠으나 시의 제목과 더불어 세상을 마주하는 시인의 이상과 염원이 어립니다.

　그리고 보니 형은 영원한 낭만주의자이며 센티멘털리스트입니다. 다음에 읽는 시들은 참으로 인간적인 시들입니다.

1)갑자기 몸이 흔들리고
　　내가 사는 아파트 십층이 어질어질 할 때
　　나는 장식장 위의 큰 술병을
　　나도 모르게 끌어 안았다
　　인삼주, 영지버섯주, 하수오주
　　공룡의 꼬리가 후려치며 지나가듯이
　　지진이 우리 아파트를 빠져 나갔을 때
　　아내가 나를 보고 웃었다.
　　"마누라 보다 술병이 더 좋은가베"
　　만약에 내가 술병을 끌어안고
　　콘크리트 파편에 맞아 죽었다면
　　신문에 무엇이라고 날까
　　[삼류시인, 술병을 끌어 안고 죽다]

　　　　　　　　　　　　　　　　　　－시「개그」전문

2)나의 몸보다 늦게 태어난 놈이
　　나보다 먼저 갈려고 하는 구나

　　음식물을 잘게 잘게 재단해서
　　나의 위장을 돕고
　　영양을 지원하던 나의 충복

　　나와 함께 이를 갈던
　　너의 충심을 어찌 잊을 수야 있겠는가 마는

　　나와 함께 청산에 가길 바랐던 너가
　　이렇게 배반을 하다니,

하기야 요즈음 세상은
배신의 시대가 아닌 가

세속을 따라, 의리를 버리고
나를 떠난다는 너를
내 어찌 막을 수가 있겠는가

　　　　　　　　　　　　　　ㅡ시 〈이빨〉 전문

　1)의 형이 사시는 울산에서 근자에 일어난 地震 때의 이야기
를 시화한 작품입니다. 한평생 술을 좋아하고 친구를 좋아한 형
의 모습이 웃음과 함께 생생하게 그려집니다. 집이 무너질 절체
절명의 위기에도 마실 술이 담긴 술병을 움켜진 형의 모습에 폭
소가 터집니다. 그리고 이 시는 지금은 정간된 〈세계의문학〉에
1983년 형이 발표했던 〈편지-서울 술꾼들에게〉를 떠올립니다.
　송당 아형. 시가 무엇이고 문학이 무엇입니까? 지식을 과시
하고 衒學을 드러내는 것이 문학은 아닐 것입니다. 자신조차 감
당하기 어려운 화두를 붙잡고 거대 담론에 연연하는 시는 거부
감을 줍니다. 우리의 삶은 소소한 세사의 연속이며 그를 통해
희로애락을 느끼는 게 아닐까요. 저는 형의 이런 인간적 시들에
친화를 느낍니다. 여기에는 형의 소탈과 파격이 있으며 삶의 비
애를 무화시키는 묘약이 있습니다. 6.25 동란 때 피난길 열차에
서 그 어느 지참물보다 한 잔의 술을 사랑했던 趙芝薰 선생의 일
화가 겹쳐집니다. 형이 술을 좋아하는 것은 인간을 좋아하는 것
이요, 세상을 사랑하는 것입니다.
　2)의 시 또한 페이소스가 담긴 형만이 쓸 수 있는 시입니다.

이 시는 노령과 함께 찾아온 치아 상실을 담은 시입니다. '나의 몸보다 늦게 태어난 놈이 나보다 먼저 갈려고 하는 구나'라는 구절에서 저는 또 입 꼬리가 올라갑니다. 그러면서 여기에는 세태를 읽는 寸鐵殺人의 풍자가 있습니다. 해학과 골계는 비루한 삶을 이기는 것이지요. 이리하여 형은 낭만주의자이며 센티멘털리스트입니다.

그러나 형에게도 무거움이 있습니다. 그것은 다름 아닌 선친에 대한 그늘입니다. 형은 이 시집에서 형의 선친이신 창릉 선생을 시화한 작품이 여럿입니다. 여기서 저는 이 시집을 읽을 독자들을 위해 잠시 창릉 선생을 소개해야합니다. 형의 선친이신 창릉(蒼菱) 박용진(朴墉鎭)(1902~1988)선생은 국운이 쇠망하던 구한말 경남 울주의 송정리에서 世世簪纓 斯文이 끊이지 않던 밀양 박씨 충효세가의 명문가에서 태어나셔서 陶山書院 道東書院 屛山書院 등의 원장(都有司)을 역임하셨습니다. 국파군망의 시대적 상황에서 스스로 신구학문에 통달하셨고 독립운동에 투신하려 하셨으나 재종형 固軒 朴尙鎭 의사가 대한광복회 총사령장 되어 독립운동을 하시다가 살신성인하시매 가문의 명맥을 유지해야 한다는 父老의 만류로 뜻을 접으셨습니다. 1960년 성균관대학교 心山 金昌淑 이사장이 명예교수로 초빙하셨으나 사양하셨고 향리에서 가업 보전에 후학을 지도하고 門事에 전념하셨으며 일제의 수탈과 흉년이 들자 기근에 허덕이는 기민에게 백미 40석을 시혜하여 가난 구제를 하신 문한(文翰)과 덕행(德行)을 겸비한 청수부채의 유학자(儒學者)이자 병필가(秉筆家)이셨습니다. 1988

년 고령으로 세상을 떠나자 영남 각지의 유림들이 모여들어 애도
하고 유림장(儒林葬)과 유월장(逾月葬)으로 장사를 지냈습니다.
특히 이분이 남기신 총 15권의 <창릉집>은 주옥같은 詩文들과
書, 說 序, 記, 拔, 上樑文, 祭文, 墓碣銘, 碑銘, 行錄등의 글들로서,
감히 살피건대 비길 데 없는 명문으로서 필자인 본인에게 두고두
고 평생을 공부해야 할 귀감이 되는 문집입니다.

이분의 장남으로 태어난 형께서는 다음의 시들을 남깁니다.

    1)나는 언제나 당신을 우러러 봅니다.
     날마다 당신 품속으로 들어가 보지만
     겉만 보다가 돌아옵니다.
     도시 그 높이와 깊이를 측량 할 수가 없습니다.
                     ㅡ시「그리운 산」부분

    2)나의 서재의 벽에서 내려다 보신다.

    "너가 그렇게 생각이 좁고 용렬해서
     무엇에 쓰겠는가"

    꾸짖으시는 아버지 말씀이 벽에서 울려온다.

    이 녹두콩 만한 내가
    밴댕이 속같이 좁은 내가
    시를 쓰겠다고

    나는 만년필 뚜껑을 닫고

고개를 푹 숙이고 있다.
ー시 「반성」 전문

3)자다가 깨어나 시계를 보면
　3시 15분
　거의 매일밤 그 시간에 잠을 설친다.
(중략)

누가 꼭 이맘때면
나를 잠에서 불러내는가
밤을 지새우며 청승스레 우는 부엉이

한밤중에 시골집 홰나무에 앉아
부엉이가 울었다.
아버지께서는 사랑방 덧문을 활짝 열어 젖히고
"훠이, 훠어이" 부엉이를 쫓았다.
나는 잠을 깨곤 했지만, 이내 코를 골았다.

호롱불을 켜고 밤새워 아버지께서는 글을 읽으신다.
아! 지금 생각하니,
아버지께서는 지금 나처럼
잠이 오지 않으셨나 보다
그러니 그때 그 시각이
어쩌면 3시 15분
ー시 「그때 그 시각」 부분

위의 시들은 모두 돌아가신 선친을 추모하고 그리워하는 思親의 시들입니다. 선친의 존재가 너무나도 커서 그럴까요. 형의 이 시들은 아버지의 가르침대로 '살지 못했다는' 회한이 담깁니다. 예시한 시들뿐만 아니라 시 <속앓이> 또한 이 같은 정서가 드러납니다. 1)의 시는 산처럼 큰 부친의 가늠할 수 없는 정신적 영역에 대한 자신의 한계를 인식하고 있으며 2)의 시는 스스로의 '용렬'을 자탄하는 작품입니다. 저는 여기서 고개를 저었습니다. 형이 어찌 용렬하다 하나요. 형의 대범과 도량은 '용렬'이란 말에는 당치 않습니다. 형이 주도하는 변방시 동인을 비롯하여 여러 문학단체에서 형이 보여주신 포용력은 산처럼 컸지요. 이는 다만 형이 선친이신 창릉 선생의 고결하고 드높은 성품을 그리워하는 반증이라 여깁니다.

3)의 시에서는 새벽녘까지 독서에 정진하시던 창릉선생의 모습이 그려집니다. 동양철학의 근본인 유학의 깊디깊은 세계를 평생을 두고 궁구하시고, 끝내 그 누구도 이룰 수 없는 드높은 학문의 세계를 성취하신 선친에 대한 흠모와 존경이 자신의 '나태'와 견주어보는 반성일 것입니다.

송당 아형. 비록 우리가 이순과 종심을 지나고 희수를 맞아도 우리 모두는 아버지의 자식입니다. 아, 아버지란 누구입니까. 우리에게 피와 살을 주시고 입혀주고 먹여주신 분. 한평생 자식인 우리를 훈도하며 올바른 세계로 이끌려고 헌신하신 분입니다. 우리는 그분이 세상에 계시지 않을 때 비로소 그분의 사랑을 깨닫고 회한에 사로잡혀 눈물을 흘립니다. 그러나 형은 형의 부모님이 구존하셨을 동안 크나큰 효심을 지닌 바를 저는 인인들을 통해 전해 듣고 있습니다. 저는 그 단편을 형의 거처의 아늑한 감실에 모셔진 창릉 선생의 유영을 통해 입증합니다. 형은 조석으로 선고의 유영에 참배하는 효심을 봤으니까요.

이제 형의 시집 원고를 읽는 제 눈길이 지면의 제한 상 마지막에 이르렀습니다.

　　당사포구에서
　　강동 바닷가 몽돌처럼
　　둥글게 둥글게 오순도순 모여사는
　　포구 마을
　　당신(堂神)과 해신(海神)이
　　서로 손을 맞잡고
　　정겨운 사람들을 품어 주는 곳
　　당사포구에 서면
　　긴 방파제를 쉬임없이 어루만지는
　　물결처럼
　　삶에 지친 고달픈 마음을 씻어 주리니
　　푸른 바다 바람에 실려오는
　　맑고 순수한 사랑의 밀어
　　수평선 끝까지 갈매기처럼 훨 훨
　　날아올라 춤추며 노래 부르리
　　　　　　　　　─시 「당사포구에서」 전문

이 시는 형의 시세계가 압축된 작품입니다. 파도에 닳은 몽돌들이 둥글게 둥글게 서로 모인 바닷가 포구 마을에서 형은 그 몽돌들이 '모여' 산다 합니다. 형은 그 몽돌들을 사람의 모습으로 그려냅니다. 이는 圓融이고 無礙입니다. 이 무애원융이 형의 모습이고 형이 지향하는 궁극적 가치입니다. 堂神과 海神이 함께 손잡는, 바닷가 마을 사람들이 거친 파도와 맞서며 삶을 일군 그 마을은 당신과 해신을 이질적으로 배척하지 않고 함께 받아들이며 살아갑니다. 이 모습 또한 원융이고 무애입니다. 형이 비록 先考의 기대에 못 미쳤다 자탄하나 형의 가을은 풍성하고 넉넉합니다. 그 넉넉함이 빚어낸 이번 시집은 여유롭고 평이하고 온갖 물줄기를 받아들인 강물 같습니다. 형의 선고이신 창릉 선생께서 형에게 江汝라고 字를 지어주셨다고 하셨나요. 형은 겸손하여 松塘이라 자호했습니다. 이제 우제는 형에게 江汝라고 부르고 松塘이라 부릅니다. 어쩌거나 형의 시는 강처럼 깊고 넉넉하고 깊습니다.

여기까지 쓰고 저는 필을 멈추고 밖으로 나갑니다. 제가 사는 이곳 산 언덕에도 어느새 가을이 깊어갑니다. 가을이 되면 제가 사는 이곳 안산의 산 언덕에도 연보랏빛 들국화가 피어납니다. 들국화는 언제나 저를 사로잡는 가을의 꽃이지요. 들국화는 긴 여름을 이기고 꽃을 피워 제 香氣를 스스로 지니지 않고 조금은 쓸쓸한 가을 산야에 그 향기를 고루 고루 나눠주고 있습니다.

송당 아형. 이제 형의 시간은 들국화의 가을입니다. 형 역시 들국화의 향기를 누리에 나눠주고 있으며 지금 이순을 지나 고희를 지나 형은 희수를 맞습니다. 이 우제의 시간 역시 가을입니다. 두주를 불사하던 호주가인 형. 형은 품이 넓은 큰 인간이었습니다. 형은 비록 가을의 시간을 살고 있으나 형은 영원한 봄을 꿈꾸고 있습니다. '봄이 오면 당신이 꽃 속에 숨어서 저를 부르겠지요.'

배롱나무 가지가 봄빛을 흔들며
봄 바람이 나의 옷자락을 날릴 때
당신이 내 가까이 와 있다는 것을 알겠습니다.
　　　　　　　　　　ㅡ시 〈봄이 오면〉 부분-

　형의 시를 마지막으로 인용합니다. 그렇습니다. 형은 비록 가
을을 살지만 봄을 꿈꿉니다.
　그 꿈은 육신과 청춘의 시간을 그리워하는 회귀의 소망이 아
니고 우리 삶의 영원한 아름다움을 꿈꾸는 것입니다. 이리하여
형은 영원한 센티멘털리스트입니다. 형의 시집이 출간되면 울
주의 동쪽 바다 언덕, 창망한 바다를 부감하는 술집에서 우리가
처음 만나 인간의 눈물을 흘렸던 그때 그 자리에서 멋진 벗들과
축하의 술자리를 다시 약속합시다.

<후기>

작가의 말

열두 번째 시집을 낸다.

이백(李白)과 두보(杜甫)의 시가 천여년을 회자되어 온 연유가 어디에 있을까

그것은 시의 진정성에서 비롯한 누구나 공감할 수 있는 진실과 감동이 있기 때문이리라

아무런 감흥도 주지 못하는 쭉정이 같은 시를 모아 시집을 내고 나니 자괴감이 앞선다.

나를 문학의 길로 이끌어 주신 유종호 선생님께서 연로하신데도 서문을 써 주신 은혜는 하해와 같다. 또한 유려한 필치와 정감어린 문장으로 발문을 써주신 정우(情友) 김명수 시인님, 표사를 써 주신 정우(情友) 김선학 평론가님, 평소 정의(情誼)가 깊은 최영호 평론가님께 감사를 드린다.

이분들 때문에 나의 보잘것 없는 시편들이 빛을 받아 살아나는 것 같아 다행스럽게 여긴다.

이 시집을 출판 해주신 국학자료원 정구형 대표님께 감사드린다.

무술년 가을 저자 박종해

박종해 약력

1942.2.15 울산 송정동에서 도산서원, 도동서원 등의 원장을 지내신 유학자 창릉 박용진 선생의 장남으로 출생.

농소초등, 경북중, 경북고, 성균관대학교 영문과 졸업.

1968 울산문협회원, 1980년「세계의 문학」에 김종길, 유종호 선생의 추천으로 등단.

시집「이강산 녹음방초」(민음사),「소리의 그물」(서정시학)등 11권의 시집과「시와 산문선집」1권을 출간.

이상화 시인상, 성균문학상, 대구시협상, 울산문학상, 제1회 울산광역시 문화상, 한국예총예술문화대상 등을 수상했으며 홍조근정훈장, 적십자훈장 수훈.

울산문협회장, 경남문협부회장을 역임하고 대구동부여자고등학교 교장을 정년퇴임한 후 고향 울산에서 울산예총회장, 북구 문화원장 역임.

현재, 선친인 창릉선생 추모사업회 고문으로「창릉문학상」을 제정하고, 추모사업에 전심하고 있음.

사탕비누방울

초판 1쇄 인쇄일	2019년 1월 2일
초판 1쇄 발행일	2019년 1월 7일

지은이	박종해
펴낸이	정진이
편집장	김효은
편집/디자인	우정민 박재원
마케팅	정찬용 정구형
영업관리	한선희 이성국
책임편집	우민지
인쇄처	국학인쇄소
펴낸곳	국학자료원 새미(주)
	등록일 2005 03 15 제25100-2005-000008호
	경기도 파주시 소라지로 228-2(송촌동 579-4)
	Tel 442-4623 Fax 6499-3082
	www.kookhak.co.kr
	kookhak2001@hanmail.net

ISBN	979-11-88499-75-5
가격	10,000원